Robert EUDE

ALFRED DE VIGNY INTIME

Avec la Collaboration de MM.

Léon DIERX,
Edmond HARAUCOURT,
Victor MARGUERITTE,
SULLY-PRUDHOMME,

Laurent TAILHADE,
Gabriel TRARIEUX,
GUY de TÉRAMOND,
F. de VAZQUEZ.

PARIS

COMITÉ ALFRED DE VIGNY

8, Rue Fromentin

1912

ALFRED DE VIGNY INTIME

ROBERT EUDE

ALFRED DE VIGNY INTIME

Avec la Collaboration de MM.

Léon DIERX,
Edmond HARAUCOURT,
Victor MARGUERITTE,
SULLY-PRUDHOMME,

Laurent TAILHADE,
Gabriel TRARIEUX,
GUY de TÉRAMOND,
F. de VAZQUEZ.

PARIS

COMITÉ ALFRED DE VIGNY

8, Rue Fromentin

—

1912

Hommage des Poètes à Alfred de VIGNY

PAR

MM. Léon DIERX

Edmond HARAUCOURT

SULLY-PRUDHOMME

Gabriel TRARIEUX

A Alfred de VIGNY

Tes lauriers ont verdi dans les frissons rivaux
De ta loyale épée et de ta lyre altière,
Gentilhomme au front triste et libre, à la frontière
Des vieux âges sombrés et des âges nouveaux.

Tu jetais d'un beau geste, aux sillons des cerveaux,
La semence où germa la moisson tout entière
Et toute noble muse est encore héritière
Du souffle magnanime épars dans tes travaux !

Ah ! comme il sied, Vigny, de couronner ton ombre,
Aujourd'hui que, brisant le joug ailé du nombre,
Le vers fuit des sommets le jour et la hauteur !

Fier de ton art, docile à ses règles sacrées,
O poète soldat, flétris ce déserteur
Toi qui sais obéir, même alors que tu crées !

Sully Prudhomme.

A Alfred de VIGNY

Le poète est l'angoisse errante en l'univers.
Il fixe au clair métal, au chant profond du vers,
Tous les reflets vivants du frisson dont il vibre,
Tous les échos perdus d'un battement de fibre
D'autrefois, d'aujourd'hui, de toujours. Il devine.
Il songe et voit parfois l'immensité divine
N'offrir à l'être abject, comme à l'être ennobli,
Que l'absolu silence et l'éternel oubli.
Il regarde. Aussi loin que son œil l'avertisse,
La nature est l'idole ignorant la justice.
Dans ses forfaits sans noms, tout rentre amnistié.
Et, seul, le cœur humain porte en lui la pitié,
La révolte éphémère et le remords qui reste.
L'amour ? Il en connaît la vision funeste :
Le spectre éblouissant et puis le spectre affreux,
La trahison qui fuit, les mains sur ses yeux creux.
La gloire ? Il entrevoit, sur un pic sans tempêtes,
Un pur autel, qu'au bruit coutumier de ses fêtes,
N'a pas dressé la foule et qu'embellit le temps,
Sa flamme attire un choix de pèlerins constants.
Il est stoïque. Il suit de haut sa destinée.
Et dans la solitude où sa grande âme est née,
Sous la secrète armure et le secret flambeau,
Il sera le plus fier des chevaliers du beau.

Léon DIERX.

A Alfred de VIGNY

Maître au bras fort, géant de bronze et de granit,
Cœur taillé dans l'airain, front moulé pour les heaumes,
Demi-dieu survenu dans le siècle des gnômes,
Près du cercueil ouvert d'un monde qui finit !

O poète ! Du fond des ombres où nous sommes,
Je t'aime et te salue avec un respect sain,
Toi qui portas la mort dans l'orgueil de ton sein,
Sans pousser un seul cri d'angoisse vers les hommes,

Tu mis ta large main sur ta poitrine en feu,
Emprisonnant ton cœur dans sa torture intime,
Et trop fier pour vouloir un renom de victime,
Tu gardas ton secret pour toi-même et pour Dieu.

C'est jusqu'au dernier jour que ta douleur s'est tue :
Les ans s'accumulaient sur les ans ennemis,
Tant qu'à la fin, brisé d'effort, tu t'endormis,
Grave, immobilisant ton calme de statue.

Tels, crispés de superbe et de rage, hagards,
Dans les carcans des rois ou sous le fouet de l'ange,
Les farouches damnés que sculptait Michel-Ange,
Arrêtent la pitié sur le bord des regards.

Leur chair se fend ; le fer se tord pour les étreindre :
Mais eux, debout, hautains et, sans voir les bourreaux,
Songent ; et quand la mort descend sur ces héros,
Ils paraissent si grands qu'on n'ose pas les plaindre.

Edmond HARAUCOURT.

Le Maine-Giraud

Voici le manoir bas aux fenêtres cintrées
Où debout devant l'âtre, en l'arrière-saison,
Le Comte de Vigny, pour finir la soirée,
Lisait la Bible aux serviteurs de sa maison.

Sous les feuilles des bois par l'automne cuivrées,
Il aimait cheminer dans cet humble horizon,
Vieux gentilhomme triste, âme désespérée,
Dont l'énigme du sort irritait la raison.

Le jour tenant un livre, ou Pascal ou Montaigne,
Il surveillait la cuve où la vendange saigne,
S'occupait de sa ferme, allait voir son cheval.

Mais la nuit, dans sa tour, les choses éternelles
Absorbaient sa pensée, archange aux vastes ailes,
Quand il ne pleurait pas sur ton ombre, ô Dorval !

Gabriel TRARIEUX.

Alfred de VIGNY intime

Alfred de VIGNY intime

On va inaugurer prochainement, à Paris, la statue d'un grand poète : Alfred de Vigny.

Certes, on ne pourra pas dire ici que le bronze est galvaudé comme cela se voit trop souvent, hélas !

Entre vingt statufiés, Alfred de Vigny méritait le plus d'être payé du métal de la gloire. C'est peut-être la raison pour laquelle la postérité lui fit attendre si longtemps son salaire.

Seul, en effet, de tous les grands poètes du XIXe siècle, Vigny n'a point encore sa statue à Paris.

Il y avait là comme un injuste oubli de la part de la postérité, oubli d'autant plus choquant que celle-ci avait à remplir le devoir d'une sorte de réparation, en affirmant par un signe extérieur et tangible, la place qui revient au poète, au premier rang à côté de Victor Hugo, de Lamartine, de Musset et non pas au-dessous.

Aujourd'hui, tous les lettrés sont d'accord pour assigner à Alfred de Vigny cette place d'honneur, et il est nécessaire que le grand public sache que cette parité existe et que le consentement unanime des connaisseurs l'a définitivement consacrée.

Alfred de Vigny est un des quatre grands poètes de l'école romantique française, pour ne pas dire le plus grand.

Par la variété de son génie, par la noblesse de son caractère et la pureté de sa plume, il a droit à toute notre admiration.

En ces temps de prosaïsme à outrance et d'égoïsme farouche, l'heure ne pouvait pas être mieux choisie de dresser la belle figure de Vigny sur une des places de Paris et de la proposer comme exemple aux foules.

C'est le sculpteur José de Charmoy, auteur de tant de monuments splendides et qui achève en ce moment un colossal Beethoven, qui a fait revivre la physionomie grandiose, majestueuse de notre grand poète.

L'auteur de *Cinq-Mars* est représenté debout,

sanglé dans une redingote romantique avec l'air d'un aigle qui sonde la destinée.

On ne pouvait pas mieux exprimer le génie sévère de Vigny. C'est du grand art, bien digne de ce noble poète qui occupe une place si haute dans notre littérature.

On a écrit de nombreux ouvrages sur l'œuvre philosophique et poétique de Vigny, des études sur son théâtre, ses romans, ses contes, mais si on nous a détaillé les richesses de son génie, on ne nous a jamais fait connaître les qualités de son cœur.

Au cours de mes nombreuses visites pour le Comité Alfred de Vigny, j'ai eu la bonne fortune de rencontrer plusieurs familiers du poète qui m'ont donné sur sa vie impénétrable, de précieux documents et d'intéressants souvenirs, dont je suis heureux de vous offrir la primeur.

On sait qu'Alfred de Vigny naquit à Loches et que son éducation première fut douce et grave. Le lycée lui apporta la première déception. Toute son adolescence est fascinée par la vision de la gloire militaire. Le jeune homme ne rêve que prouesses héroïques. Hélas! cette grandeur, entrevue dans un rêve si ardemment souhaité, n'est que la pire des servitudes et Vigny troque bien vite son épée pour la plume.

La fortune vient à lui, lumineuse, rayonnante avec *Cinq-Mars, Chatterton* qui sont acclamés comme de véritables chefs-d'œuvre. Sa renommée éclipse celle d'Hugo. C'est le triomphe.

Mais voilà déjà ceux qu'il considérait comme ses amis les plus fidèles, qui l'abandonnent.

Victor Hugo retranche les éloges qu'il lui a prodigués; Sainte-Beuve le définit « un bel ange qui a bu du vinaigre ».

L'Académie française, qui hésite à l'admettre, lui impose de dures visites dont sa fierté de poète-gentilhomme souffre bien cruellement.

Enfin il est élu.

Le poète ne quittera plus sa tour d'ivoire, ne publiera plus aucune œuvre et se laissera oublier.

Dès l'enfance, Vigny eut l'âme fortement trempée par sa mère qui était raisonnable et forte comme un homme. Elle avait consigné, sur un petit carnet, d'admirables conseils que Vigny emporta avec lui, au moment où il fut nommé officier, en 1814. Ces conseils maternels étaient d'une si grande élévation morale et d'une si grande bonté, que Vigny les porta sur lui jusqu'à sa mort. Les héritiers d'Alfred de Vigny possèdent aujourd'hui ce carnet, mais ils ont bien voulu nous donner l'autorisation d'en reproduire le texte (1).

Alfred de Vigny avait, d'ailleurs, par dessus tout, le culte des souvenirs.

C'est ainsi qu'il conservait pieusement, avec les cheveux de sa mère, tous les bibelots qui lui avaient appartenu, comme ses propres boucles d'enfant blond.

Trois femmes ont joué un rôle dans la vie et jusque dans l'œuvre d'Alfred de Vigny : voilà pourquoi, avant d'étudier l'œuvre d'un écrivain, il faudrait toujours connaître d'abord sa vie intime.

Ces trois femmes qui ont exercé une si grande

---

(1) Collection Sangnier-Lachaud.

influence sur le caractère du poète sont sa mère, sa femme et Marie Dorval.

Vigny avait le cœur tendre. Il chérissait sa mère et sa femme : l'une pour les leçons d'énergie qu'elle lui avait données ; l'autre pour la respectueuse admiration qu'il en recevait. D'abord garde-malade de sa mère, il fait violence à sa pensée qui lui défend de sourire ; pour amuser sa mère, il fait tourner son esprit devant elle comme une toupie et lui présente des idées et des contrastes comiques qui la forcent à rire. Ensuite c'est sa femme qui tombe malade et qui le restera pendant toute sa vie.

Tous les jours, sans se lasser et sans se plaindre, ce génie dont le royaume n'est pas de ce monde, lui prodigua les soins les plus délicats, les attentions les plus touchantes.

C'est ainsi que, chaque soir, il lui fait la lecture, assis à son chevet et ne la quitte que lorsqu'elle s'est endormie. Pour éviter toute fatigue, il s'occupe lui-même des menus soins et dépenses du ménage et l'on conserve encore des carnets de blanchissage et d'approvisionnement entièrement écrits de la main de Vigny.

La vie du poète était, d'ailleurs, des plus modeste et s'écoulait soit à Paris, dans son petit appartement de la rue des Ecuries-d'Artois, soit au Maine-Giraud, en Charente.

N'ayant pas même un cabinet de travail, Vigny vivait dans un cadre très bourgeois, sans aucune œuvre d'art : dans le salon, on pouvait voir un tableau que le poète pensait de Largillière et qui fut reconnu, après sa mort, pour n'être qu'une copie de l'œuvre du maître. C'était tout. Le service de la maison était assuré par deux femmes, les deux sœurs, en qui Vigny avait toute confiance et qui ne le quittaient jamais.

Le poète se levait tard, sortait tard et travaillait la nuit, après être allé au spectacle ou dans le monde. Vigny ne se départait pas d'un air cérémonieux. Il marchait lentement, posément et parlait de même. D'une grande courtoisie envers les dames; Vigny baisait la main même des petites filles. Alexandre Dumas déclarait qu'on ne l'avait jamais surpris à table.

Quand une conversation s'engageait sur la politique ou la philosophie et qu'elle pouvait gêner sa femme, Vigny se levait, lui embrassait respectueusement les mains et lui disait : « Ma bonne Lydie, je ne vous retiens pas. » Et alors la bonne Lydie ne se le faisait point dire deux fois.

Très austère de vie et le fondateur de la religion de l'honneur, Vigny était un juge très sévère : c'est ainsi qu'un jour il apprend que son filleul a loué un break avec ses camarades du lycée pour aller aux courses. Après lui avoir reproché cette action comme un crime, pour des raisons philosophiques que l'enfant ne comprend pas, il refuse pendant quelque temps de le recevoir.

A côté de ces mouvements dignes tout au plus d'un janséniste intransigeant, Alfred de Vigny en avait d'autres, d'une douceur et d'une bonté délicieuse et ceux-ci faisaient oublier ceux-là.

Souvent il apportait lui-même des jouets aux enfants de ses amis et ce n'était pas un spectacle banal, que de voir ce grand penseur, ce merveilleux poète, toujours d'un aspect froid et impassible, se penchant vers ces enfants, pour leur expliquer le mécanisme de ces jeux avec une patience toute paternelle.

C'est à une de ces heures où son cœur avait besoin d'épanchement, qu'il connut l'amour singulièrement attachant de Mme Dorval.

Vigny ne croyait qu'au rêve : la trahison de Dorval le précipita dans la hideuse réalité.

Un autre poète eût pleuré. Vigny cria à sa maîtresse infidèle les imprécations de Samson.

Depuis cette époque, le poète restera loin du monde des vivants, dans sa tour d'ivoire du Maine-Giraud, en Charente.

Nuit et jour, il pense, car il a perdu le repos que lui donnait le calme adouci des heures noires. Il rêve au passé, en pointant avec de petits drapeaux sur les cartes géographiques, les opérations militaires de nos armées pendant les guerres de Crimée et d'Italie.

J'ai rencontré un juge de paix à S.-A..., qui ne veut pas être nommé, mais qui m'a fait cet intéressant récit :

« J'avais 12 ans et m'élevais au Maine-Giraud,

sous la tutelle d'un oncle, régisseur du domaine et grand admirateur de son propriétaire. Ma mine éveillée plut à M. de Vigny et je fus son compagnon de promenade presque journalier, dans les grandes allées de son domaine, sous les grands arbres séculaires qui les bordaient.

« Oh! ces grands arbres! comme il les aimait et se plaisait à ouvrir ma jeune intelligence à la poésie qui s'en dégageait.

« Me questionnant sur ma vocation, il fut heureux d'apprendre que, malgré mon jeune âge, j'avais des tendances vers la vie militaire ; il me vantait alors les beaux côtés de ce métier et m'engageait amicalement à persévérer dans mes idées.

« Avec un peu de réflexion et si j'avais été plus âgé, j'aurais dû m'étonner qu'un homme d'une figure si douce et d'un caractère si aimable, me donnât des conseils belliqueux.

« J'ai su depuis, en lisant ses œuvres et ses biographies, qu'il avait été hanté de gloire militaire et me suis expliqué les conseils qu'il donnait à « son petit ami », comme il se plaisait à m'appeler.

« A mon départ du Maine-Giraud, son aimable sollicitude alla jusqu'à me mettre dans les mains les livres nécessaires pour m'instruire dans ma future carrière et me préparer pour l'école de La Flèche où il se proposait de me faire admettre. Des circonstances particulières ont fait échouer ces beaux projets et mes rêves de grandeur militaire et de batailles se sont évanouis. Je suis devenu, antithèse fréquente, un simple juge de paix. »

Ici s'arrête le récit de mon interlocuteur qui efface, n'est-il pas vrai, toutes les paroles amères que Vigny a prononcées sur l'armée.

Alfred de Vigny est mort comme le loup traqué par les chasseurs. Il est mort sans parler et sa mort est bien la plus belle mort de poète que je connaisse. Enveloppé dans un long manteau romantique, à la mode de 1830, Vigny s'y drapait comme un soldat blessé dans son manteau de guerre, nous dit Louis Ratisbonne, qui l'a vu mourir ; il se rappelait qu'il avait été soldat et il apparaissait comme un de ces chevaliers d'autrefois de ces ordres moitié religieux

et moitié militaire de Malte ou de Jérusalem.
Il avait un des pans de son manteau jeté derrière
son épaule et en silence, pâle, il se laissait dé-
vorer par le cruel vautour qui lui rongeait les
entrailles, moins cruel cependant que la blessure qu'avait faite dans son âme de poète, la
souffrance de la méditation et la mélancolie de
ce spectacle qu'on appelle la vie.

Le jour de ses funérailles, un de ses anciens
compagnons d'armes, devenu Maréchal de
France, en grand uniforme, la poitrine toute
chamarrée de décorations, se présenta au domicile d'Alfred de Vigny. En entrant dans la pauvre demeure du poète, devant ces tentures fanées
et ces meubles qui avaient trente ans, il ne put
s'empêcher de s'écrier : « Tiens, ce pauvre
Vigny, je le croyais plus à son aise. »

Ce cri naïf a la valeur d'une oraison funèbre,
car il rend hommage à l'indépendance et à l'honneur d'une vie.

Voici l'Acte de naissance d'Alfred de Vigny,
tel qu'il a été transcrit sur les registres de
l'état-civil de Loches.

Aujourd'hui huit germinal an cinq de la République Française, une et indivisible, à quatre heures du soir, devant moi Jean Picard Ouvrard, agent municipal de la commune de Loches, soussigné est comparu à la maison commune de Loches, le citoyen Léon-Pierre Devigny accompagné du citoyen Joseph Nogerée, propriétaire, âgé de cinquante-quatre ans, et de la citoyenne Rose-Charles Maussabré, épouse du dit citoyen Nogerée, âgée de quarante-cinq ans, étant domiciliés dans cette commune, lequel m'a déclaré que la citoyenne Marie-Jeanne-Amélie Baraudin, son épouse en légitime mariage, est accouchée hier sur les dix heures du soir, dans son domicile situé faubourg de Gesgon en cette commune, d'un enfant mâle qu'il m'a présenté et auquel il a donné les prénoms de Alfred, Victor ; d'après cette déclaration, que le citoyen Joseph Nogerée et la citoyenne Rose-Charles Maussabré ont certifié véritable, j'ai rédigé le présent acte, en présence du citoyen Léon-Pierre Vigny, père de l'enfant et des deux témoins ci-dessus dénommés qui ont signé avec moi.

Fait à la maison commune de Loches le jour, mois et an que dessus.

Nogerée Maussabré de Nogerée, Sophie de Baraudin, Baraudin, Léon de Vigny.

Picard Ouvrard,
Adjoint.

Conseils de Madame de VIGNY
à son fils

Conseils de Madame de VIGNY à son fils

Conseils à mon Fils

commencés le jour de son second départ pour Versailles, le 23 février 1815

Tu m'as priée, mon cher enfant, de mettre par écrit les conseils que je voulais te donner; je te prends au mot d'autant plus volontiers, que c'était mon intention depuis longtemps.

C'est devant ton joli portrait, qui semble m'écouter avec attention et douceur, que je vais occuper le loisir que ton absence me laisse et essayer de t'être utile pour tout le temps de ta vie.

Lorsque tu vins au monde, ton père te confia totalement à mes soins, et s'engagea à ne jamais contrarier mon plan d'éducation; il m'a tenu parole et je t'ai dirigé, d'accord avec lui, pendant dix-sept ans. Moi seule, je t'instruisis jusqu'à l'âge de huit ans, je jetai dans ton âme les premières idées du bien, et dans ton esprit les germes du goût et le désir de t'instruire ; à cette époque, nous te plaçâmes en demi-pension pour ne pas te quitter tout à fait, rien ne fut négligé de ma part pour que l'éducation publique te profitât sans nuire à ta moralité ; je suppléais de ce côté par ma surveillance, mes exhortations journalières à ce qui manquait. Tu te souviens avec quelle sollicitude je partageais tes travaux, et le bonheur que me causaient tes succès dans le temps où tu me dis ce joli mot : Que tu étais la *gloire* et moi la *glorieuse*.

Notre but, en te prodiguant nos soins, mon cher enfant, et ne mettant point de bornes à nos sacrifices pécuniaires, fut toujours de faire de toi un honnête homme, un homme recommandable par ses vertus, ses talents en tous genres, de te donner, enfin, les moyens d'arriver à la fortune par le mérite, seul moyen honnête de parvenir.

La nature t'avait assez bien partagé pour nous donner l'espérance d'un plein succès ; le moment est arrivé de nous prouver que nous n'avons pas semé dans une terre ingrate.

Te voilà armé pour ton roi et ta patrie ; mais je croirais encore n'avoir pas rempli ma tâche, si, en t'abandonnant à ce monde que tu ne connais pas, je ne t'armais aussi contre tes ennemis personnels : tes passions et les mauvais exemples. Je vais donc rassembler dans cet écrit les principes épars dans ton éducation, et leur donner le développement que ton âge comporte aujourd'hui.

L'homme qui vit sans principes a une conduite incertaine, inconséquente ; il est le jouet et la victime de ses passions et de celles d'autrui. Il peut être comparé à un voyageur qui entreprend, sans guide, une route inconnue ; il va, revient sur ses pas, se désespère, et s'il arrive au but, c'est par hasard ; ou bien il n'arrive jamais. L'homme qui adopte de faux principes est plus malheureux encore ; c'est un voyageur qui se fie à un guide trompeur qui l'engage dans une fausse route : chaque pas l'égare de plus en plus et il s'éloigne toujours davantage du terme où il aspirait.

Tu reconnaîtras sans doute, ici, quelques-uns des préceptes de tes auteurs. Je crois que Cicéron a fait un traité des devoirs, je ne l'ai pas lu. Cela prouve qu'il n'y a qu'une seule vérité, qui est de tous les temps et de tous les lieux, ainsi qu'une seule raison, commune à tous les êtres pensants. Ce que je vais écrire est le fruit de bien des années de réflexions, d'observations et de bonnes lectures ; je combattrai les fausses maximes qu'on t'a déjà fait adopter, et si je réussis à te convaincre et à t'arrêter au bord du précipice où je te vois prêt à t'élancer, je me croirais bien récompensée du sacrifice que je fais à ma paresse d'écrire.

De l'existence de Dieu et de l'immortalité de l'âme.

Il serait superflu de te répéter tout ce qui a déjà été écrit sur cet important sujet. Dieu même a gravé dans le cœur de l'homme la vérité de son existence ; c'est une vérité de sentiment confirmé par l'esprit ; je me flatte que tu n'as point le malheur d'en douter ; point d'ouvrage sans ouvriers, point d'édifice sans architecte ; donc il y a un être supérieur à nous, créateur de toutes les merveilles qui frappent nos yeux.

Et quel plus bel ouvrage, que toutes ces créatures, célestes ou terrestres, qui se meuvent et obéissent à l'impulsion régulière que leur a donnée l'Etre souverain en les formant ! Vouloir expliquer son essence, c'est témérité : notre esprit trop borné ne peut le comprendre ; s'il a été donné à l'homme la faculté de concevoir quelques causes secondes des merveilles qui l'entourent, tout est mystère pour lui dans la cause première. Adorer et se confondre dans son néant, voilà le devoir de cet être faible et borné qui ne se comprend pas lui-même, et qui, cependant, ne peut douter de l'immortalité de son âme, parce que tout lui révèle cette vérité consolante.

D'où vient ce désir insatiable de bonheur qui est le but de toutes nos actions et pourquoi le désir n'est-il jamais satisfait, que le dégoût ne s'en suive et ne fasse place à un autre objet d'ambition? Parce que nous ne trouvons dans tous les êtres créés qu'imperfection et que notre âme émanée de la divinité même a une plus grande destinée que ce monde qui passe, elle tend sans cesse à retourner vers son auteur, qui est la source de toute perfection. L'inconstance humaine me paraît donc, entre mille autres, une preuve claire et suffisante de l'immortalité de l'âme et que cette courte vie est un temps d'épreuves qui nous est donné pour mériter les récompenses destinées aux gens de bien. C'est l'opinion de tous les hommes depuis Adam jusqu'à nous.

L'existence de Dieu, et la reconnaissance que l'homme lui doit, voilà l'esprit de toutes les religions et de tous les cultes; donc toutes les religions sont bonnes, en tant qu'elles ont pour but d'adorer l'Etre suprême, mais la nôtre est la meilleure de toutes.

Une fois bien persuadé que l'esprit de toutes les religions et les cérémonies des différents cultes sont un tribut de respect que les créatures raisonnables rendent à l'auteur de toutes choses, tu ne seras pas plus choqué des grimaces des Juifs dans leurs synagogues, des discours inspirés des quakers, que des processions de chrétiens. Tu assisteras à l'église d'un air décent parce que ton cœur sera pénétré de respect et de gratitude ; tu ne te permettras point de ces plaisanteries sur la *religion et les prêtres, dont le moindre inconvénient est d'être plates et triviales.*

Quant au fond de notre religion, je te renvoie aux bons écrits : tels que Massillon, Bossuet, Bourdaloue ; mais en attendant que ton âge te permette de si sérieuses lectures, *sois bien persuadé que Racine, Fénelon, Pascal, Arnaud et tant d'autres beaux génies, qui ne doutaient pas d'un seul article de la foi,* en savaient plus que nous, et méritaient bien de nous servir d'autorité. Prie Dieu qu'il te donne la foi, mais conforme-toi et pense souvent à la morale sublime que cette religion enseigne.

Je crois t'avoir dit plusieurs fois que celui qui suivrait exactement les préceptes de l'Evangile serait aussi le plus aimable des hommes et en même temps le plus heureux : voyons, en développant cette idée, si je me suis trompée.

Ne point faire à autrui ce qu'on ne voudrait pas qu'il nous fît ; voilà le principe de justice qui a eu l'assentiment de tous les hommes ; il est, pour ainsi dire, inné avec eux, les enfants le comprennent aisément. La religion chrétienne y a encore ajouté un autre précepte plus parfait : « Faites aux autres tout le bien que vous voudriez qui vous fût fait. Aimez-vous les uns et les autres ; aimez Dieu par dessus toute chose et votre prochain comme vous-même ; soyez doux et humbles de cœur. » Notre religion est toute d'amour, elle est faite pour les âmes tendres, et si les récompenses qu'elle promet sont plus désirables que le bonheur qu'elle procure ici-bas, c'est par leur durée qui n'aura point de fin. Il y a donc tout à gagner pour l'homme, à faire, par esprit de religion, tout ce qu'il ferait pour plaire à ses semblables. Quelles qualités désirerait-on trouver dans un ami intime ? C'est d'abord la sensibilité, le penchant à appliquer l'indulgence raisonnée pour les faiblesses hu-

maines, par conséquent la douceur du caractère
et du langage, la sincérité, la franchise, la discrétion, un jugement sain, éclairé par l'instruc-
tion, une conversation soutenue sans distraction,
qui se prête facilement aux sujets qu'on traite,
une plaisanterie douce qui jamais n'attaque la
réputation des absents et ne blesse l'amour-
propre de personne; eh bien! toutes ces qualités,
si la nature ne les a données qu'en partie, peuvent s'acquérir par le seul principe de la religion. La charité exclut cet esprit de contradic-
tion, trop commun pour le malheur de la société, cette disposition fâcheuse à trancher sur
tout sans réflexions comme sans égard pour ceux
à qui l'on parle, cette ironie, le plus facile de
tous les genres d'esprit comme le plus détestable
et le moins noble de tous, car quelle gloire peut-
on trouver à offenser indirectement celui qui ne
vous comprend pas ou qui n'ose vous répondre;
ces deux mauvaises habitudes ne révèlent qu'un
mauvais cœur, ou, tout au moins, un être incapable de réfléchir et qui n'a pas le courage de
se contraindre pour corriger ses défauts.

De même, le ton absolu dans la conversation prouve aussi, il me semble, un esprit borné qui n'aperçoit les objets que sous une face; il décide qu'ils sont ainsi sans songer qu'il n'y a que les vérités éternelles ou mathématiques qui ne soient pas sujettes à contestation. Celui qui a de l'étendue dans l'esprit et qui suit dans son cœur les préceptes de la religion, hésite à prononcer, car il envisage l'objet sous tous ses rapports et comme il est doux et humble de cœur, il ne s'imagine pas que lui seul ait bien vu; d'ailleurs, il en serait certain, qu'il ne heurterait de front, avec des avis et des paroles méprisantes, ni ses égaux, ni ses inférieurs, à plus forte raison ses supérieurs; il se tairait plutôt et sa physionomie, même en gardant le silence, annoncerait le respect intérieur et cette douce indulgence dont son cœur serait pénétré; il se garderait bien de cet air suffisant et capable, plus offensant qu'une contestation sérieuse et motivé, fût-elle soutenue par de faux raisonnements.

Cette complaisance sans bassesse, cette douceur, ces manières affables, ces talents de société

qu'on emploie ou pour l'utilité ou pour l'agré-
ment d'autrui ; cette attention à plaire à tous
qu'on appelle politesse et qui est aussi le lien
des familles, donnons-y une fin plus noble que
l'amour-propre et l'intérêt personnel, et voilà la
charité. Quelques maximes dont on est bien
pénétré, peuvent arrêter tout court l'explosion de
la colère, de l'envie, de la médisance, de ces
bons mots bien mordants qui font sacrifier les
amis même au plaisir de se faire une réputation
d'esprit. Qu'on se demande avant de parler :
voudrais-je qu'on dit de moi ce propos, qu'on
portât ce jugement hasardé sur mon caractère ;
voudrais-je qu'on ne reconnut mes soins que par
des réponses dures, sèches ? Non, certainement !
C'est donc une injustice, je dois m'en abstenir.
Il en est des actions comme des paroles, et le
précepte de ne pas faire à autrui..., se peut appliquer à tous les rapports des hommes entre
eux ; même à la guerre, où toute cruauté exercée
contre des citoyens désarmés, tout pillage de
leur propriété est une atrocité réprouvée de Dieu ;
— à ce que je crois, — mais sûrement des mili-

taires honnêtes et qui ont des principes de justice.

Je t'entends me dire : mais comment prouver que cette surveillance continuelle sur ses paroles et ses pensées rend l'homme heureux, comment, si je réprime tous mes premiers mouvements lorsqu'ils sont contraires à l'ordre ou à la justice, obtiendrai-je la paix de l'âme qu'on me promet, puisque je serai souvent en dispute avec moi-même ?... A cette objection, je réponds qu'aucun bien ne s'acquiert sans effort, que ce n'est pas en un jour qu'on se corrige des défauts graves ; que le plaisir qu'on ressent à triompher de soi-même donne le courage de persister et d'ajouter tous les jours de nouvelles victoires à la première ; peu à peu, les bonnes habitudes remplacent les mauvaises, le caractère se forme, il ne peut plus varier, on fait naturellement et avec grâce, ce qu'on ferait d'abord avec contrainte. C'est alors qu'on jouit de la paix intérieure et alors seulement qu'on peut dire avec fierté : je suis homme.

Ne voudrais-tu pas que dans le monde où tu

vas débuter, on te crut toutes les qualités que je t'ai supposé désirer dans un ami? Efforce-toi de les acquérir, car, pour paraître, il faut *être*; tôt ou tard, l'hypocrite est démasqué, et l'on est d'autant plus sévère, qu'on a été plus trompé par lui. Tu as ce qu'il faut pour devenir un homme aimable comme je l'entends, mais tu as beaucoup à travailler; il faut d'abord revenir sur de fausses idées qu'on t'a inspirées sur ce sujet. Ceux qui s'égarent avec connaissance de cause, cherchent à entraîner les autres et commencent toujours par attaquer les principes de moralité, pour se justifier de leur propre conduite; d'autres s'égarant de bonne foi, chercheront sans raisonner à te corrompre par l'appât du plaisir. Ceux-ci sont moins dangereux encore que ceux qui ont érigé le libertinage en principe. Le plus sûr serait de fuir les uns et les autres; mais comme la chose est impossible dans un corps militaire, arme-toi bien pour leur résister.

Me voici arrivée au point essentiel de la tâche que je me suis imposée, c'est de combattre les fausses opinions que tu m'as fait déjà connaître ; pour cela, j'entreprendrai de te faire sentir les inconséquences dans la pratique.

Après avoir parlé le langage de la religion et de la morale qui y prend sa source, je vais te parler celui de la saine philosophie, te faire connaître les lois reçues dans le monde parmi les hommes honnêtes, et te prouver qu'elles sont d'accord avec les premières.

On t'a déjà dit : il faut vivre selon la nature et l'homme n'est heureux qu'en jouissant de ses facultés ; mais cette nature ou l'être éternel qui l'a créée et qui nous a donné un corps matériel, y a joint aussi une faculté intellectuelle qu'on appelle âme ; l'un et l'autre sont si intimement unis pendant cette vie, qu'ils agissent continuellement l'un sur l'autre. La volonté *est* ou doit être la plus forte ; car nous ne pouvons marcher, toucher, regarder sans sa permission ; elle nous est visiblement donnée pour gouverner nos sens, elle doit tendre à les fortifier, à les conserver et non à les détruire, puisque, pour remplir le but de la création il faut que l'homme produise son semblable, il doit donc arriver à sa perfection auparavant ; si donc, méconnaissant sa puissance, l'âme est assez faible pour se laisser gouverner par les sens, si l'esclave qui doit obéir veut commander, s'il oublie et méprise sa souveraine, alors, tout l'ordre est interverti ; c'est une révolte démagogique dont les conséquences ne tendent ni au bien général ni au nôtre, mais plutôt à la destruction de l'espèce. Ne souffre pas cette usurpation, et que dans toutes tes actions, la raison soit la maîtresse et gouverne ; car il est clair qu'en se livrant à tous ses penchants ou naturels ou factices, en suivant ce que les libertins appellent la nature, celui qui a le goût du vin s'y abandonnera sans scrupule et usera sa vie dans l'excès le plus vil et le plus méprisable, celui qui aimera les femmes s'énervera dans leur commerce ; à ton âge, la croissance doit en souffrir, surtout avec ta délicatesse ; on reste faible, débile, incapable de toutes les opérations de l'esprit, des exercices honnêtes et on n'offre en dernier résultat à la société qu'un fantôme d'homme, qu'un vieillard cacochyme

à vingt ans, objet de douleur pour ses parents
et de dégoût pour tout le monde ; plus d'état,
puisqu'on ne peut en remplir les devoirs ; par
conséquent plus d'espoir de fortune ; la mort
enfin au moral et au physique, voilà la triste
suite d'un faux principe.

On t'a dit encore qu'un homme pouvait aller
partout sans être déshonoré pour cela ; il est bien
vrai qu'on ne voit pas toujours écrit sur son
front où il passe son temps, mais tout se sait
et comme l'opinion générale donne ou ôte la
considération, je n'ai jamais entendu parler
qu'avec le mépris qu'il mérite de tout homme
qu'on sait fréquenter les maisons de débauche ;
on l'appelle crapuleux, on fuit sa société. Si tu
avais un caractère formé, des principes arrêtés
et une longue habitude d'une vie réglée, il n'y
aurait aucun danger à t'accorder qu'un homme
peut aller partout, car après les premiers pas le
dégoût te ferait fuir si la curiosité t'avait attiré.
Il en serait de même des maisons de jeu, de ces
orgies avec des jeunes gens licencieux qui, à
défaut d'esprit, remplissent leurs conversations

du récit de leurs aventures vraies ou supposées et déchirent impitoyablement les femmes les plus respectables.

Avec de tels amis, on prend le plus mauvais ton ; les propos obscènes ou équivoques, dont on prend la triste et plate habitude, échappent en bonne compagnie où l'on paraît contraint ; et, comme on ne peut y avoir de succès, on cesse de la fréquenter, parce qu'on y est déplacé. Reviens donc de cette erreur qu'un homme peut aller où bon lui semble ; en général, *partout où tu n'oserais montrer ton uniforme, tu ne dois pas porter ta personne, aurais-tu plus de respect pour lui que pour toi-même ?*

On t'a encore dit que l'honneur d'un homme était sacré, délicat, qu'il ne fallait pas y toucher, mais que celui des femmes n'était rien du tout, que tant pis pour elles si elles avaient des aventures, qu'on pouvait en jaser et s'en divertir puisqu'elles s'y exposaient et maintes autres sottises de ce genre.

Tu connais si peu le monde, mon cher enfant, qu'on ne peut t'attribuer toutes les erreurs qui ne peuvent entrer que dans la tête d'une prude qui veut se faire croire une vertu, ou d'un libertin, de ceux qu'on qualifie du joli nom de roués ; l'un et l'autre croient se sauver à l'aide de ces belles sentences. Moi, je te dois la vérité sur tous les points et de te faire connaître l'opinion reçue parmi les gens honnêtes en fait de galanterie (mon père et le tien seraient mes autorités si je n'avais pas les lumières du bon sens et d'un bon cœur) ; je te dis donc hardiment que : *tenir ou répéter un propos qui attaque la conduite d'une femme, est un crime de lèse-société.* Si tout ce qui trouble l'ordre établi parmi les hommes est un mal, même quand on en profite, comme on ne peut en douter, quel plus grand mal peut-on faire que de mettre la division dans les familles, d'exposer une femme à la vengeance de son mari, au mépris de ses enfants, à leur abandon, à la ruine de leur fortune ! Vous pouvez causer tous les maux par un propos léger sur une femme, souvent très innocente, qui vous reçoit chez elle en ami, sans se douter que vous l'immolez à votre vanité ; et vous dites que l'honneur d'une femme n'est rien ?

Si vous l'aimez, être indiscret est une trahison, une infamie ; si vous avez cessé de l'aimer, c'est une lâcheté car vous attaquez un ennemi sans défense. Il est donc clair que vous ne ménagez l'honneur des hommes que parce qu'ils peuvent se venger. Je te laisse qualifier ce sentiment !

Tout dit à un honnête homme : respect aux demoiselles et aux femmes honnêtes, mais indulgence et la discrétion la plus sévère pour la femme faible, qui, sans vous, eût peut-être toujours été honnête et que la *publicité pourrait empêcher de rentrer dans le chemin du devoir.*

Il n'y a pas une réflexion qui ne vienne renforcer l'obligation d'être discret. Suppose-toi ou mari, ou père, ou frère, et tu reviendras au grand principe de ne pas faire aux autres ce que tu ne voudrais pas qu'on te fît.

A ton âge, mon cher enfant, les femmes ne doivent être pour toi qu'une société douce, aimable, où tu apprendras à connaître les usages ;

celles qui ont la meilleure réputation jointe à de
l'esprit et des talents doivent être préférées, car
il y a un plaisir délicat à estimer ce qui plaît ;
c'est avec celles-ci qu'on peut goûter sans inconvénient le bonheur d'une société intime et
habituelle ; mais il y a une autre espèce de femmes qu'il ne faut pas négliger, ce sont les dames
du grand monde ; *la moins instruite a encore
cette aisance sans familiarité, mais qui met
à son aise,* ce tact des convenances qu'on ne
trouve pas ailleurs à un si haut degré, tu l'as
déjà remarqué dans quelques-unes de celles que
nous voyons. Si tu as le jugement délicat et fin,
tu seras convaincu, en observant beaucoup de
femmes, qu'il y a encore plus de nuances dans
leur caractère que dans leur figure, que, quoi-
que les usages, les manières se ressemblent,
on ne peut, sans risquer de faux jugements, les
mettre toutes dans la même catégorie, surtout
sur le chapitre de l'amour. Je ne te dirai rien
de cette espèce de femmes, aussi justement mé-
prisées par leur état que par leurs mœurs : je
veux parler des comédiennes ; elles sont aussi

dangereuses que les filles publiques pour la santé et plus encore par leur cupidité sans bornes. J'espère bien que tu ne les verras jamais qu'au bout de la lunette de spectacle, et que jamais tu ne leur parleras ; ces espèces-là, y compris les belles dames qui font trophée de leurs folies, ne peuvent attacher le moins du monde un homme de goût, qui veut mettre de la délicatesse dans ses liaisons. Quelque bien choisies que soient les sociétés que tu vas faire, je serais bien fâchée d'apprendre que tu y passes toutes les heures que te laissent les exercices ; il faudrait régler ses jours. Il doit y avoir du temps pour cultiver l'esprit par la lecture ainsi que les talents. Je t'ai procuré tous les moyens d'éviter la mauvaise compagnie, de te faire une bonne réputation et des amis, c'est à toi de mettre en œuvre tous les moyens ; aie le courage de le vouloir fortement ; l'habitude de t'occuper se prendra si bien, que tu regarderas comme un temps perdu tout celui où tu n'auras rien appris.

Voilà encore un sujet sur lequel il est bon de réfléchir, pour s'en faire une idée juste : tu entendras dire à des gens, bassement envieux, que la noblesse n'est rien, que tous les hommes sont égaux; d'autres, d'un orgueil outré, regretteront le temps où le noble pouvait tuer impunément celui qui avait osé lui parler avec insolence : la vérité est au milieu de ces exagérations.

Devant la loi, tous les hommes sont égaux : tous ont le même droit d'être protégés par elle, et personne n'a le droit de se faire justice à soi-même, hors le cas d'une légitime défense; nul ne doit non plus mépriser, ni humilier celui qui n'est pas noble, mais la noblesse est quelque chose; c'est un titre écrit que le souverain confère pour des services rendus à l'Etat; ce titre, en rappelant ces services au souvenir des concitoyens, est un objet d'émulation pour tous par la considération très légitime qui le suit; mais son plus beau titre est l'obligation qu'il impose de valoir mieux qu'un autre, d'être plus fidèle à son roi, d'une probité plus délicate, plus lent à donner sa parole, plus fidèle à l'observer. « Si la vérité était bannie de la terre, disait Louis XII, elle devrait se trouver dans la bouche d'un roi »;

il aurait dû ajouter : et dans celle d'un gentilhomme !

Nos pères étaient tellement délicats sur ce point que le seul soupçon de mensonge était puni de mort. On disait : « *Un démenti vaut un soufflet et un soufflet un coup d'épée* », ce qui prouve combien le mensonge était regardé comme un vice bas et odieux.

Si la composition de l'armée actuelle a rendu moins difficile sur les expressions entre les jeunes gens, il ne faut pas l'être moins sur le fond et tout noble, au service surtout, ne doit pas laisser *échapper un démenti*, de quelque façon qu'il soit tourné, car c'est une offense grave et c'est faire aux autres ce qu'on ne voudrait pas qu'on nous fit.

Je ferais un livre tout entier, si j'entrais dans le détail de ce qu'il faut faire ou éviter pour ne pas manquer à cette maxime ; tu peux en faire l'application à toutes tes actions et pensées.

Pour être parfait honnête homme, il faut être juste, soumis à Dieu, à ses père et mère, à ses supérieurs, au roi que j'aurais dû nommer après

Dieu, car il est son représentant sur la terre ; soumis aux lois qui nous régissent et aux magistrats qui en sont les organes, mais cette soumission, si elle n'est pas dans le cœur, n'est qu'une hypocrisie qui éclate quand l'occasion d'agir se présente. Par exemple, un militaire qui n'aimerait pas son roi, qui ne sentirait pas combien le maintien de son autorité importe au bonheur de la patrie, ou qui serait indifférent à ce bonheur public, ferait de son devoir tout juste ce qu'il faut pour n'être pas déshonoré, mais il n'emploierait pas tous ses moyens, si la gloire d'un autre et non la sienne devait en résulter. Combien de batailles perdues pour les misérables rivalités entre les chefs ! C'est que l'amour de la patrie est peu de chose dans une âme commune, et que l'amour-propre qui se fait le centre de tout, étouffe tous les sentiments nobles.

Ne laisse pas éteindre ce feu sacré de l'amour de ton pays et du roi qui ne font qu'un : il te conduira dans le chemin de l'honneur, et ton intérêt, bien entendu, s'y trouvera toujours. Ta bonne conduite, fut-elle ignorée, ce qui n'arrive guère, tu trouverais ta récompense dans le sentiment intime d'avoir bien fait ; une conscience pure et sans reproche est *le seul bonheur que les hommes ne puissent nous ravir et c'est la vertu seule qui nous le donne.*

N'écouter que la vanité, l'amour du plaisir qui entraîne celui de la dépense et le désir des richesses, voilà la source de toutes les sottises, de la basse envie et d'un malheur véritable ; *toujours tu auras avec toi des amis plus riches, plus élevés en grade,* et si tu n'as pas le bon esprit de voir ta position du côté agréable, tu seras mécontent de tout et feras le malheur de tes parents, sans compter que tu leur feras faire des démarches ridicules, comme *de solliciter un avancement* dû seulement aux services, ou des *exceptions de faveur* qui ne peuvent être que le partage que d'un petit nombre en crédit.

Mais ce qui est à la portée de tout le monde, c'est la modération dans les désirs, l'ordre dans la dépense, c'est de la régler sur son revenu quand il est suffisant pour fournir au nécessaire et à la décence d'état ; avec ta pension et

tes appointements, tu as le nécessaire là ; réprime donc tes plaintes sur ton avancement ainsi
que toute idée de luxe et toutes les petites dépenses journalières et d'imitation où le désœu-
vrement entraîne.

Occupe-toi de ton état, de bonnes lectures.
Vois la meilleure compagnie ; tu ne dérangeras
point tes affaires et, je te le répète, tu auras de
l'argent de reste au bout de l'année et tout le
bonheur qu'on peut espérer dans ce monde.

Madame DE VIGNY.

Alfred de VIGNY soldat

Alfred de VIGNY soldat

Vigny est une espèce de trinité : poète, gentilhomme et soldat. Ecrivain de surcroît et le plus vigoureux, quand il veut s'en donner la peine, mais écrivain seulement parce qu'en lui, tour à tour, ou plutôt d'une seule et constante voix, parlaient le poète, le gentilhomme et le soldat.

Les lettres ne furent jamais à ses yeux un métier, mais le fruit nécessaire et sacré de l'inspiration. Le fait est assez rare pour qu'on le signale, en ces temps où il y a autant de romanciers et de dramaturges que de jeunes gens et presque autant de poétesses que de jeunes femmes.

En Vigny, le soldat qu'il aurait voulu être et que, faute du temps, il ne put être, est si indissolublement mêlé au poète et au gentilhomme que même après la retraite volontaire, il demeura le serf grandiose de son premier état. Une discipline de fer règle son existence à laquelle cette servitude et la grandeur militaire qu'il a impérissablement fixées, impriment une singulière cruauté, une rectitude inflexible. Soldat ou plutôt tel qu'avec son âme ardente de poète et son caractère de gentilhomme, il se forme l'image idéale du soldat, Vigny le resta jusqu'à la fin.

Suivons cette existence.

C'est un enfant taciturne dont le sang noble s'enfièvre de toutes les gloires anciennes de sa caste et s'irrite dans un mode nouveau, d'être un revenant, un intrus. Son père, sa mère l'exaltant des souvenirs du passé, en même temps que l'étourdit et l'éblouit le tumulte de l'Empire, ces tocsins qui jetaient au vent le nom des capitales conquises, le canon des Invalides tonnant en écho des victoires lointaines, toute cette féérie rouge et or où passait Napoléon, au galop de son cheval blanc, dans les vivats de la Grande Armée.

« Nos précepteurs, écrivait plus tard Vigny, ressemblaient à des hérauts d'armes, nos salles d'études à des casernes, nos récréations à des manœuvres et nos examens à des revues. » Le moyen de s'étonner que notre adolescent fut pris

« d'un amour désordonné de la gloire des armes » ? Le voilà, à seize ans et demi, sous-lieutenant aux gendarmes rouges de la maison du roi, car le temps qu'il troquât ses livres d'écolier contre l'épaulette, la France avait changé de maître. Le comte de Vigny a un beau cheval, parade au Champ-de-Mars. Une ou deux fois au plus, car Louis XVIII à peine rentré aux Tuileries, disparaît devant le retour de l'Aigle, volant de clocher en clocher. Vigny escorte le roi podagre jusqu'à Béthune où on a licencié son escadron. Il nous a laissé, de cette fuite précipitée, sous la pluie, dans la boue, à travers les plaines jaunâtres du Nord, un tableau frappant dans les premières pages de *Laurette*. Après les Cent-Jours, où il fut interné à Amiens, il reprend du service dans l'infanterie de la Garde. L'heure des combats et de la gloire va-t-elle enfin sonner ?

Impatiemment, Vigny l'attendit treize ans. Treize ans d'immobilité, de petites garnisons stagnantes ; treize siècles, pendant lesquels il rongea le frein de l'obéissance passive, et se nourrit ainsi que d'un fruit plein de cendre, de l'amertume du sacrifice stérile. La France, vidée d'hommes et lasse d'héroïsme, goûtant la détente de la paix, l'enthousiaste n'eut que les dégoûts d'un métier qui, virtuellement, eût dû être le plus beau et qui était le plus rebutant de tous. Il ne connut que la rouille de l'épée. Il savoura jusqu'à la lie la tristesse d'un monde où, selon le mot de Baudelaire, l'action n'est pas la sœur du rêve. Capitaine à l'ancienneté, il démissionne en 1827.

N'importe, le pli était pris. Au contact des rudes soldats de Napoléon, des vieux capitaines blanchis sous le sac, avec lesquels il marqua le pas pendant les plus belles années de sa vie, celles où le cœur s'ouvre et où la pensée s'envole, Vigny prit autre chose que l'ennui et le mécontentement, ces traits généraux du visage militaire. Il mesura, pendant ses longues heures d'attente et de rêverie, et les heures plus longues encore des vains exercices, toute la profondeur de ce sentiment sublime : l'abnégation, qu'il ne faut pas confondre avec la résignation. La première est la vertu des héros, la seconde n'est trop souvent que le courage des lâches. Il apprit à connaître et à servir, dans son fastidieux devoir quotidien, ce culte pur et gravé qu'il mettait au-dessus de tout autre : l'honneur !

Quels mots il trouve pour le définir et le célébrer ! L'honneur, dit-il, est une religion mâle, sans symbole et sans image, sans dogmes et sans cérémonies, mais d'où rayonnent des révélations soudaines du vrai, du beau, du juste ; l'honneur, c'est la conscience exaltée, la pudeur virile, le respect de soi-même et de la beauté de sa vie porté jusqu'à la passion ; l'honneur, c'est la poésie du devoir !

Ces principes, dont il se pénétra tout entier, ne sont pas de ceux qu'un de nos plus aimables auteurs dramatiques, Tristan Bernard, a défini dans une de ses jolies boutades : « Appuyons-nous solidement sur les principes, ils finiront bien par céder ! » Les principes d'Alfred de Vigny ne cédèrent jamais.

Victor MARGUERITTE.

Alfred de VIGNY gentilhomme

Alfred de VIGNY gentilhomme

Lorsqu'un poète, quels que puissent être son génie et la beauté de ses œuvres, obtient l'assentiment de tous et devient populaire ; quand, à défaut de ses écrits, son nom se grave dans toutes les mémoires, on peut, sans crainte d'erreur, attester que celui-là ne fut pas un pur artiste, que sa vie et son effort allèrent à des objets périssables, que, prêtre d'un culte sublime, parfois il en déserta l'autel, pour sacrifier à des idoles étrangères ; que, poursuivant tour à tour les honneurs et la fortune, il s'abaissa vers la foule incapable de monter jusqu'à lui. Dans les triomphes que décerne la multitude, au milieu des vivats et des acclamations, des rumeurs et de la pompe dont elle escorte ses favoris, une voix se fait entendre, la voix discordante des intérêts et des passions vulgaires : car « la plupart des hommes ne peut, disait Chamfort, s'élever qu'à des idées basses ». Que d'un consentement unanime, le troupeau des hommes sacre poète un vivant et le magnifie et l'adopte comme sien.

Cherchez, vous trouverez en cet élu quelque chose de trouble ou d'inférieur, le visible stigmate, l'empreinte manifeste de la médiocrité. Cela d'instinct, car le peuple ne lit guère. Si parfois, il interroge les oracles des écrivains fameux, ce n'est point avec le souci de « la faconde et du style », avec cette noble curiosité de la chose écrite dont le monde moderne se désintéresse un peu plus chaque jour. Au temps de Vigny, c'est Béranger qui triomphe, tout Paris pour Lisette a les yeux de son bourgeois amant. Hugo lui-même, trop artiste pour se faire entendre du commun, tant qu'il ne sera que le « poète serein de l'ère philippienne », le « rêveur debout sur les calmes sommets », devra, pour atteindre à l'universelle épiphanie, à l'apothéose mondiale de ses derniers ans, traverser les orages du Deux Décembre et recueillir les fruits d'un exil politique. Il faudra qu'il ait écrit les *Châtiments* et les *Misérables*, dont les complaisances démocratiques scandalisaient le bon Flaubert.

Sur les poètes purs, sur les poètes qui, pareils à Vigny, à Baudelaire, à ce divin Mallarmé de qui l'ombre charmante flotte encore autour de nous, sur les poètes qui ne recherchent ni les acclamations du forum, ni la faveur des illettrés, un mystère subsiste, un clair obscur, estompant leur visage et voilant à demi leurs traits aux vivants d'un jour, aux passants dont les lèvres balbutient distraitement leurs noms, pareil à ces vapeurs qui, même au plus clair matin de la source heureuse, planent des Alpes aux Pyrénées, sur la crête des montagnes ; à ces vapeurs indélébiles des sommets que juin ne peut dissoudre et qui, dans le sombre azur d'été, chaperonnent encore le Mont-Blanc ou la Maladetta.

Nul poète, moins que Vigny, n'a pris contact avec la foule, nul ne s'est moins que lui prostitué à la curiosité des hommes. Quarante-cinq ans après sa mort, lorsque tant de marbres scandaleux ou de bronzes ridicules encombrent les places et jardins publics, ce n'est pas sans effort qu'une élite d'administrateurs élève un monument à ce fier écrivain. En nous invitant à glo-

rifier en sa personne « le gentilhomme », il
semble que les promoteurs de la souscription
Vigny aient oublié le mot propre ou n'aient pas
osé l'écrire. En effet, nous saluons dans Vigny
le parfait « aristocrate », celui qui, pour se tenir
à l'écart de la populace — et par « la populace »
il faut entendre ici la plèbe des salons comme la
plèbe des faubourgs — n'aurait besoin de titre,
de fortune, d'honneur ou de célébrité.

« Celui, disait Villiers de l'Isle-Adam, qui ne
porte pas en lui-même sa propre gloire, est in-
digne de savoir jamais ce que ce vocable signi-
fie. »

Or, Alfred de Vigny qui enveloppait toute
chose dans le même dédain calme et silencieux,
Vigny qui, pareil au Prospero de Shakespeare,
estimait que la vie est faite avec la substance de
nos rêves, eut ce don magnifique de porter sa
gloire en soi-même, n'ayant cure de mendier çà
et là des guirlandes étrangères ; car pour monter
au Capitole, un front magnanime est ceint d'un
laurier toujours vert.

La plupart des gens de lettres, empoisonnés

de basse vanité, curieux d'applaudissements et de sordide réclame, ne comprennent sans doute guère le mâle orgueil d'un tel poète, qui, pareil au « divin et chaste cygne » auquel Sainte-Beuve le compara, effleure à peine les bourbes terrestres et, comme l'oiseau de Virgile, abandonnerait les rives pour monter offrir aux étoiles un cantique immortel.

Vigny fut un aristocrate.

Gentilhomme aussi, d'une famille humblement patricienne, famille de hobereaux, moitié soldats et moitié paysans ; seigneurs de vastes terres, grands chasseurs, guerriers, mais réservant aux champs de la Beauce leur cœur, leur âme, leurs soins.

« Heureux et satisfaits si chacun de leur race
Apposait Saint Louis en croix sur sa cuirasse
Comme les vieux portraits qu'aux murs noirs nous
[plaçons. .

C'est parmi la vieille noblesse de province, parmi ces gentillâtres, dont les hommes de cour se moquaient volontiers et dont Louis XIV disait avec humeur : « Je ne les connais point », que s'est gardé le plus pur sang de la noblesse française.

Leur obscurité les préservait en même temps de la ruine et des catastrophes auliques. Leurs titres ne furent vendus ni substitués à des robins, à des parvenus, à des banquiers enrichis, comme ceux des grandes maisons dont l'éclat ne se maintenait qu'à force d'argent et, tôt ou tard, consommait la ruine.

Mais Vigny, né dans une grange, n'eût pas été moins superbe. Car il était, suivant un mot fameux, de la race des ancêtres. Il est de ceux qui fondent les maisons, et c'est justement qu'il a pu dire :

J'ai compté mes aïeux suivant leur vieille loi,
J'ouvris leurs parchemins, je fouillai dans leurs urnes
Empreintes sur le flanc des sceaux de chaque roi.
A peine une étincelle a relui dans leur cendre
C'est en vain que d'eux tous le sang m'a fait des-
[cendre.
Si j'écris leur histoire, ils descendront de moi.

Cri sublime de l'orgueil solitaire, cri surhumain, cri digne de Milton, des vieillards de Hugo et que Nietzche lui-même, dans ses affirmations les plus glorieuses, n'a pas eu la force d'égaler.

L'existence du comte Victor-Alfred de Vigny se déroula, suivant un rythme paisible, dans un décor de bien-être et de tranquillité. Le beau cygne vivait au bord d'un lac ignoré des tempêtes. Les orages qui brisèrent ses ailes et lui firent chanter des hymnes si lugubres à la mort, au désespoir, lui vinrent du dedans. L'ouragan intérieur emporta cette âme ardente et concentrée, y souleva des tourbillons d'amertume, l'embrasa d'un lyrisme qu'elle n'avait pas connu aux heures de la jeunesse et du bonheur. Les amours de Vigny avec Marie Dorval ne furent qu'une longue suite de querelles, de défaillances et de sombres raccommodements.

Les lettres du poète à la comédienne — c'est, à coup sûr, le plus bel ouvrage qu'il ait écrit en prose — témoignent d'une passion, d'une fièvre sensuelle, d'un amour maladroit à force d'emportement, qui lassa bientôt l'objet de tant de feux. Il ne semble pas possible de publier, dans leur intégralité, ces lettres d'un érotisme effréné

au regard de quoi les plus brûlantes effusions
de Rousseau ou de George Sand, les épîtres
même d'Héloïse, manquent de flamme et de cou-
leur. Ici, plus de retenue ou de décence, plus
de morgue académique ou d'emphase littéraire.
C'est le désir fougueux et désespéré, une sorte
de *Cantique des Cantiques* à la manière noire,
où le pessimisme sincère et profond de Vigny
met des accents désespérés.

Marie Dorval que les portraits d'Alophe, de
Léon Noël, d'Edmond Hédouin nous montrent
dans sa grâce frêle, tantôt sous le toquet plat de
Kitty Bell, tantôt sous la coiffure pompeuse de
Marion de Lorme, était femme et, sinon perfide,
tout au moins pleine de fragilité : comme toutes
ses pareilles et par la loi même de son sexe, elle
haïssait naturellement l'intelligence, si bien
qu'elle traita le poète d'*Eloa* comme le premier
godelureau venu. Peu importe aujourd'hui, le
nom de don Juan de coulisse qu'elle préféra.
Sa trahison bienheureuse a grandi, purifié le sentiment de Vigny. Elle a guéri la chair du poète,
l'a fait entrer dans le règne du pur esprit. C'est

après l'évasion finale de l'amour et de la jalou-
sie, « enfer où l'on aime encore », le départ, la
retraite aux champs, dans la compagnie éternelle
d'une épouse indifférente et respectée, que Vigny
a écrit les *Destinées* et formulé son testament
poétique, ayant « penché sa tête pâle et pleuré
sur la mer », et se conformant au précepte émis
dans la *Maison du Berger* :

« Du haut de tes pensers voir les cités serviles. »

il conçoit l'univers comme « une maison cen-
trale », où l'homme prisonnier « tresse de la
paille ». Soldat, gentilhomme, académicien, il
déduisit la servitude militaire, oublia sa noblesse
et raconta sur les académiciens du temps mainte
anecdote au poivre rouge dont M. Louis Ratisbonne, son exécuteur testamentaire, eut le grand
tort de nous priver. Son dédain s'avéra. Sa
hauteur fut plus discrète. Une résignation pleine
de mépris inspira sa chaste muse et le drapa d'un
manteau plus sévère. Son désespoir n'est pas
celui de *Chatterton*, poète malade et quelque peu
déséquilibré ni celui d'Antony, bavard, trucu-

lent et vulgaire comme l'inspiration du mulâtre Dumas, ni compliqué d'envie et de rancœur sociales comme celles de Werther ou Gœthe, encore petit bourgeois de Francfort, né à l'auberge du Saule, Gœthe, devant les titres et l'apparat nobiliaires, se plaignait de son obscurité.

L'amertume de Vigny vient d'une source plus haute; il accepte froidement et comme inéluctables ces maux qui le déchirent. Que le renard affamé déchire ses entrailles! Il sait que prier, pleurer, gémir est également lâche. Il oppose le dédain, un stoïque sourire aux morsures profondes qui labourent ses flancs; il dit à la nature, dispensatrice indifférente de la joie et des douleurs :

Vivez, froide nature et revivez sans cesse
Sur nos pieds, sur nos fronts, puisque c'est votre loi,
Vivez et dédaignez si vous êtes déesse,
Vous ne recevrez pas un cri d'amour de moi.

Il a médité sur le monde et jugé le cours des civilisations.

Le royaliste de 1814, page de Louis XVIII et compagnon de son neveu dans la guerre d'Espagne, sourit amèrement devant la royauté démocratique. Il ne croit plus aux Bourbons et ne porte à Louis-Philippe qu'un médiocre intérêt. Mais il affirme qu'on ne peut rien bâtir « sur le limon confus des révolutions », que « toute démocratie est un désert de sable », où d'obscurs ambitieux règnent sur le peuple un peu comme le Cléon d'Aristophane « traçant de faux devoirs et frappant de vrais droits. ». Il ne croit en rien. Il n'espère plus : « Moi seul et c'est assez. » Devant les ruines de tout ce qui fut sa vie et sa joie et son ardeur, dans l'amour qui ment et l'histoire qui triche, il reste debout, pareil à la colonne intacte et superbe d'un temple foudroyé.

Ses portraits nous font toucher du doigt cette évolution d'un noble esprit vers une abnégation qui lui dicta des pages rappelant tour à tour des *Pensées de Marc-Aurèle* et cette fin terrible de *Candide* où Voltaire a mis la tristesse et la fierté de son âme. Depuis le gendarme rouge qu'une mauvaise peinture du musée Carnavalet montre enfantin et souriant, depuis le magnifique portrait de Devéria, le bronze de David où le jeune romantique arbore à la fois l'air fatal des jeunes hommes de son temps et le toupet de Louis-Philippe, où, les favoris en patte de lapin, ce qui fait qu'il ressemble tout à la fois à l'ange des ténèbres et à M. de Montalivet, jusqu'à la suprême lithographie ou jusqu'au portrait de 1866 dessiné par Lafosse quelques mois avant la fin du poète, quand, rongé par le cancer dont il devait mourir, son œil déjà ne s'ouvrait plus qu'aux visions du pur esprit, ce noble visage apparaît dans sa majestueuse beauté.

Dans l'effigie, à coup sûr la plus belle du vieillard, la douleur a meurtri la face, tiré en bas la commissure des lèvres. « L'ange a bu du vinaigre », comme disait Sainte-Beuve. Mais le regard d'un bleu profond plane au-dessus des contingences vulgaires. Le cygne, au vent de la mort qui gonfle ses ailes palpitantes, s'abandonne et chante pour les jeunes hommes, pour la postérité d'un vivant qui doit bientôt périr, un cantique impérissable d'harmonie et de beauté.

Nous le glorifions aujourd'hui. Mais combien

tardive notre piété, combien chétif le monument que nous rêvons auprès de l'édifice que Vigny érigea lui-même au nom des siècles à venir.

Les poètes nés, les poètes souverains que la mélancolie a marqués d'un sceau indélébile pour le triomphe et pour le désespoir, ceux qu'a touchés de son aile inspirateur la « colombe au bec d'airain » et la muse aux lèvres éloquentes, ceux dont une flamme vive a effleuré la bouche prophétique ; les maîtres des paroles éternelles et des graves pensers ont bâti le plus durable édifice, ordonné une architecture qui, pour toujours, abrite leur image. Quelle que soit l'heure de leur avènement, les cultes et les lois dont ils procèdent, la civilisation qui les a formés, tous proclament la pérennité du sanctuaire idéal que n'entament ni la suite innombrables des jours, ni les frimas destructeurs. Les terzines lugubres de Dante répondent à travers les siècles aux chansons amères d'Horace, pour attester « le beau style » qui fit asseoir le Gibelin de Florence parmi ces poètes chefs qui ne mourront pas tout entier. Car ce temple des êtres harmonieux d'où

« coule un si large fleuve » de parler, cette demeure éternelle des artistes sonores, ce sont leurs ouvrages eux-mêmes, leurs vers plus indestructibles que le cèdre et plus durables que l'or, c'est l'œuvre qui ennoblit leur souvenir d'une couronne immarcescible et dont la gloire pour sauvegarde a leurs tombeaux.

Laurent TAILHADE.

Alfred de VIGNY et la musique

Alfred de VIGNY et la musique

Alfred de Vigny n'était pas rebelle à la musique.

Quelqu'étrange que cela puisse paraître, les poètes n'ont jamais beaucoup prisé, en général, cette sœur jumelle de leur art.

L'un d'eux lui appliquait irrévérencieusement le titre de Shakespeare : *Beaucoup de bruit pour rien ;* et bien d'autres eussent été capables de ce mot terrible d'un dramaturge sollicité de dire quelque chose d'aimable à un Padérewski, un Serbe qu'on lui présentait :

— Eh bien, jeune homme, nous faisons donc toujours notre petit tapage?

Victor Hugo lui-même, malgré les prestigieuses splendeurs dont son imagination de poète l'auréola si souvent dans son œuvre, s'il ne voulait plus entendre parler de musiciens depuis que Verdi avait démasqué son *Roi s'amuse* ou *Rigoletto* — sans lui payer de droits d'auteur — n'apparaît point, d'après ses biographies, avoir nourri envers la musique d'autres sentiments qu'une indifférence à peu près complète.

Si la vie agitée des camps empêcha Alfred de Vigny de trouver le temps de devenir un bon exécutant — nous avons vu récemment la virtuosité sur le piano réservée à un ministre de la Guerre — il n'en avait pas moins ces dons qui ne se perdent, pas plus qu'ils ne s'acquièrent : l'oreille juste et une belle voix.

Sa mère, qui se piquait de Beaux-Arts et qui avait appris la musique dans les traités d'harmonie de Martini et de Rousseau, lui avait donné les maîtres nécessaires, en ayant soin de ne lui laisser entendre et jouer que les suprêmes beautés de Mozart, Beethoven, Cherubini et Haydn.

Il est probable qu'au milieu du bruit des tambours et des clairons, il les oublia un peu, mais il lui resta néanmoins, de cette éducation musicale, le goût des ouvrages nobles et délicats, et le sentiment, si rare à cette époque, chez les hommes de lettres, de l'originalité.

Il fut le défenseur dévoué des novateurs de

son temps, des protagonistes de la musique romantique, l'ami de Liszt qu'il connut en Angleterre dans le salon célèbre d'Harry Rewe, où l'on rencontrait également Mendelssohn, Ernst, David, tous les compositeurs, tous les exécutants en renom ; il aima, encouragea, aida notre grand et malheureux Hector Berlioz, à qui ses relations avec notre ambassadeur facilitèrent les moyens de se faire entendre à Londres.

Du rôle des ouvrages d'Alfred de Vigny dans l'histoire de la musique

Si les poètes n'aiment pas souvent la musique, leur destinée, par une singulière ironie, est de lui servir toujours d'inspirateurs.

Il n'est pas une de leurs jolies fictions, un seul de leurs rêves dorés, que nous ne soyons certains de retrouver sous une forme nouvelle, la forme musicale.

Le répertoire de l'Opéra et de l'Opéra-Comique résume fidèlement toutes les manifestations de la poésie depuis le commencement des siècles peut-être, et il serait aussi impossible d'en dresser l'interminable liste que de trouver aujourd'hui une seule œuvre de poète qui y manquerait.

Qu'on se rappelle plutôt *Faust, Roméo, Mireille, Jocelyn*, et aussi de ces poètes qui écrivent en prose : *Paul et Virginie, Manon, Carmen;* le célèbre Corneille lui-même, a vu — et pas pour leur bien, — son *Cid* et son *Polyeucte*, transplantés sur des théâtres de musique.

Alfred de Vigny n'a pas échappé à cette loi commune, avec cette restriction, toutefois, que dans son œuvre austère et si rude parfois, les musiciens trouvèrent fort peu à glaner, car il n'écrivit point de romances comme Victor Hugo, de chansons comme Musset, ni comme Verlaine, ces petits états d'âme sensuels, si idoines à nos goûts musicaux modernes.

On peut citer, pour mémoire, une symphonie sur *Eloa*, d'un brumeux compositeur norvégien et une cantate de Charles Lefebvre sur le même sujet où l'on remarque des chœurs de femmes et un air de baryton intéressants.

Quant à *Chartterton*, il a inspiré outre plusieurs ouvertures, qui n'ont point dépassé les orchestres des concerts, une assez jolie illustration musicale de Léoncavallo, l'auteur de *Paillasse*.

Enfin, d'un des plus dramatiques épisodes de *Grandeur et Servitude militaires*, M. Gheusi a tiré un chant lyrique : *Le Cachet Rouge*, qu'il a offert à M. Paul Vidal, l'éminent chef d'orchestre de l'Opéra, puis à M. Duvernoy, mort depuis, malheureusement.

Ce qu'il y a de plus connu c'est le *Cor*, mis en musique par Flégier, l'auteur célèbre des *Stances*. Comme les peuples heureux, il n'a pas d'histoire, ou plutôt il n'en a qu'une, c'est d'avoir été chanté partout. Le musicien a su mettre adroitement à la portée de tout le monde, la mélancolie profonde du poème et ce n'est pas aujourd'hui un mince mérite.

Verdi, qui connaissait si bien notre littérature, on l'a vu par *Rigoletto*, a-t-il étudié le caractère sombre, fougueux et jaloux du More de Venise dans l'*Othello* d'Alfred de Vigny ?

Bien que le livret de l'Opéra suive, point par point, scène par scène presque, le drame, il est difficile d'affirmer qu'il s'en soit plus directement inspiré que de l'œuvre de Shakespeare.

Nous devons néanmoins le signaler, avant d'arriver à *Cinq-Mars*, ce chef-d'œuvre de littérature pure, qui devait réussir comme un roman de Walter Scott et dont le sort fut de tenter un jour, comme tant d'autres, un musicien et d'être à son tour impitoyablement mutilé, pour devenir drame lyrique.

Le théâtre de la rue Favart — l'Opéra-Comique — avait son genre, et un genre dont il ne fallait point s'écarter ; aussi dans l'œuvre si noble, si puissante, si complète d'Alfred de Vigny, les librettistes ne virent-ils que les scènes qui permettaient de gracieux épisodes, des divertissements, des fêtes et le ballet traditionnel ; ils les coupèrent et les taillèrent à l'aveuglette, sans même s'occuper de les relier et de les expliquer.

On ne sait seulement plus ce qu'y machine et complote *Cinq-Mars*; on ignore ce que viennent y faire Marion de Lorme et Ninon de Lenclos sinon chanter; le père Joseph, cette figure si admirablement peinte par de Vigny, devient un traître de mélodrame, et de Thou un fort ennuyeux prêcheur qui arrive chaque fois qu'on n'a pas besoin de lui, pour donner des conseils que personne n'écoute.

Quant à la musique, l'immortel auteur de *Faust* et de *Roméo* ne fit pas moins fausse route; il affubla ce piètre livret d'une aussi pauvre musique.

Le trait caractéristique de la partition est un manque absolu d'originalité; non seulement, à chaque page, Gounod s'est répété lui-même, démarquant, dans son propre fonds, ses plus banales formules et ses plus médiocres inspirations; il a encore fait à ses voisins de larges emprunts de la Bénédiction des Poignards des *Huguenots,* au duo d'adieux de *Lucie,* de l'hallali de la *Partie de Chasse d'Henri IV,* au duo d'*Aïda,* dont le trio du troisième acte reproduit exactement un ton plus haut, la phrase célèbre.

Le lendemain de la première, le 15 avril 1877, un critique jugeait ainsi *Cinq-Mars* :

— Il paraît que M. Gounod écrivit sa partition en six semaines ; ce qui surprend après l'avoir entendue, c'est qu'il y ait mis aussi long-temps !

Le temps s'est chargé de venger le noble poète de *Othello*. de ce vandalisme posthume ; de cette terne affabulation de son chef-d'œuvre, il ne reste rien aujourd'hui.

Guy DE TÉRAMOND.

« Une nuit de VIGNY »

" UNE NUIT DE VIGNY "

La première représentation de *Une Nuit de Vigny*, sur la scène du théâtre national de l'Odéon, fut troublée par des incidents qui soulevèrent un véritable tumulte dans la salle et eurent, le lendemain, leur écho dans toute la presse.

L'Odéon n'avait pas connu de pareils désordres depuis l'époque où l'Empire finissant déchaînait les ardeurs de la jeunesse des écoles.

M. de Max représentait Alfred de Vigny rêvant, la nuit, dans sa chambre sombre, envahie d'obscures ombres bleues. L'orchestre de M. Francis Touche interprétait avec âme une très émouvante partition de M. Florent Schmitt ; quand tout à coup, dans le silence, on entendit avec stupeur, le jeune compositeur s'écrier : « Arrêtez, arrêtez, Monsieur Touche, vos musiciens ne jouent pas ensemble. »

A ces mots, M. de Max, brusquement, se leva et riposta sèchement :

« Mesdames et Messieurs, devant la grossièreté du compositeur, il ne me reste qu'à quitter la scène. »

Là dessus tombe le rideau. Un grand tumulte parcourt les rangs des fauteuils et agite les loges. On applaudit M. de Max pour son geste un peu impulsif ; on blâme violemment pour le sien M. Florent Schmitt, et la foule fait à M. Touche une chaude ovation.

Enfin M. Touche obtient le silence et, avec beaucoup de tact, remet les choses au point. Il s'accuse d'un léger accroc et met l'interpellation intempestive de M. Florent Schmitt sur le compte d'un agacement juvénile très compréhensible.

Et après ce court cauchemar, *Une Nuit de Vigny* recommence.

UNE NUIT DE VIGNY

A PROPOS EN UN ACTE, EN VERS

de

MM. Robert EUDE et F. de VAZQUEZ

*Représenté pour la première fois sur la scène du Théâtre
de l'Odéon, le 16 mai 1908*

DISTRIBUTION

Alfred de Vigny..........	M. de MAX.
Mme Alfred de Vigny.....	Mme LARA.
Madame de Vigny........	GRUMBACH.
Marie Dorval.............	Lucie BRILLE.

La scène se passe au Maine-Giraud, propriété d'Alfred de Vigny.

DE VIGNY

Elle dort. Aucun bruit ne perce le silence.

Je vais, d'un soir de rêve emplir mon existence.

Elle dort. Le sommeil est venu comme un pas

Qui glisse doucement. Elle ne souffre pas

Maintenant. D'Eloa, j'ai fini la lecture

Et mes rimes ont su l'endormir sans blessure.

Lydia dort, et moi, Vigny, je vais penser.

Les étoiles de Dieu brillantes, vont danser.

Je suis seul, face au Monde, ainsi qu'une victime,

Orgueilleux prisonnier en une tour sublime,

La lune blanche, ivre d'amour, brave le ciel,

Et, phare dans la nuit, me parle d'éternel.

C'est dans le soir profond, j'écoute un beau songe

Où l'idéal meurtri veut vaincre le mensonge.

Vigny, poète grand, sensible et valeureux,

Qui, pouvant être fort ne fut qu'un malheureux,

Je voulais, au passé perdu de mes jeunesses,

7

Devenir le guerrier qui fauche les caresses,
Qui brave le danger, la gloire et le baiser,
Qui lève haut l'épée en cherchant à briser
La honte de mon siècle et les hommes perfides
Dont le courage meurt sous les bouches avides.
Je voulais que l'Honneur, ce mot grand comme Dieu,
Qui, sur un champ d'azur porte croix au milieu,
Fut une raison d'être à ma vie en délire.
Devise de mon sabre et corde de ma lyre !
Je voulais que l'Honneur fut le bel étendard
Qui palpite sur moi comme effleure un regard
De celle qui vous aime, et près de moi tressaille,
Hampe d'or lumineux dont j'aurais pris la taille.
Tout n'est que rêve, hélas ! que désir incompris.
Mon cœur a chancelé sous le choc des mépris.
Désespoir douloureux ! Utopie et chimères !
Trahi d'amour, dans la ténèbre ou les lumières,
Anéanti par le malheur, le cœur surpris...
Ah ! pouvoir oublier ce qui vous fut appris !
Etre fier, détesté, puissant dans l'amertume,
N'être qu'un nom, pas même une gloire posthume,
Régner dans le ciel vrai d'une tour d'exilé,
Et sur un parchemin, d'un poignard effilé,

Tracer une vengeance rouge et monstrueuse,

Avec un rire amer, mais d'une âme joyeuse !

Ah ! mensonges affreux, de quels cieux venez-vous ?

Oripeaux de satin et rubans aux flots doux,

Qu'on adore et qu'on jette aux buissons de la route,

Si Dieu vous a créés que votre Dieu m'écoute.

Dieu ! qui trois dans un Seul, régit l'humanité,

Quel orgueil te dicta le Livre de Bonté

Qui mêle dans ses lois la haine à la tendresse,

L'amour au désespoir, le théâtre à la messe ?

Que fit le Mal au Bien ? Et dois-je te prier,

Toi qui fis un poète et non pas un guerrier ?

Je cherche une raison à la raison divine,

Et je n'en comprends pas la troublante origine.

Enigme qui me force à douter d'éternel,

Brisant mon idéal dans le dégoût charnel.

Le sourire jamais n'approcha de ma bouche

A deux femmes aimées, elle ne fut farouche.

A l'une, ayant donné le cœur et le blason.

A l'autre ayant volé son amour pour poison.

L'une est pour moi l'amour qui calme une folie,

Epouse résignée à ma mélancolie,

Dont la main clôt mes yeux pour qu'ils soient apaisés

D'avoir trop contemplé de l'autre les baisers.

L'autre, cette maîtresse au charme si perfide,

Qui, d'un homme sans peur, fit un amant timide,

Ah ! pourquoi me trahir alors que je t'aimais

Femme dont le caprice a fini pour jamais.

Une passion qui fut la mort de mon génie.

Amante, actrice, dont une étreinte infinie

Fut un rôle joué pour moi, dans un plaisir

Qui devait commencer où finit le désir.

Mes poèmes sont restés là, sur une table,

Ils sont inachevés car tu me fus aimable.

Et jusqu'au jour où tu m'as trahi sans remords

J'espérais de la joie, et mes espoirs sont morts.

Dorval, maîtresse aimée, as-tu songé qu'un rêve

N'est vraiment beau que si la tendresse l'achève.

Et tout est fini maintenant. Je ne crois plus.

J'ai cherché la Foi, la Beauté, ce qui n'est plus.

Je veux croire et je doute, et mon âme a la fièvre.

Je veux aimer, je crains le baiser d'une lèvre.

Mon épée et ma plume ont perdu leur beauté.

Je n'ai plus dans le cœur un goût de volonté.

Je pardonne quand même et je me sens superbe,

A tresser mes pitiés et mes pardons en gerbe.

La pitié, n'est-ce pas la révolte des cœurs
Qui se vengent avec orgueil de leurs douleurs.
N'est-ce pas une arme funeste et merveilleuse
Trempée en pleine chair sanglante d'amoureuse.
Ciel, je te jette mon défi, mes cris, mes vers,
Mes blasphèmes et mon amour, les yeux ouverts
Sur ton espace à l'infini. Mais je t'implore,
Pour que tu puisse consoler. Vigny t'adore.
Oh ! que la Foi vienne vers moi de ton ciel d'or.
J'appelle Dieu, car malgré tout je crois encor.
...Ce carnet tendre et parfumé, qu'un jour ma Mère
Me confia, me fait souvenir d'éphémère.
Sur les pages en soie où les mots sont tracés
J'y lis l'Honneur et le Devoir et les Pensers
Qui font d'un enfant pur un héros bel et sage.
Dont l'amour douloureux doit vaincre tout présage,
Et ce carnet m'est doux à longtemps feuilleter,
Car mon cœur en détresse aime le consulter.
Oh ! petit livre blanc au signet qui partage
Une existence de poète et d'enfant sage,
Guide-moi sur la route de mon rêve enfui,
Apaise-moi, dis-moi vers où mon cœur a fui.
Que n'es-tu là, ma Mère, auprès de ton poète,

Lui souriant, les yeux joyeux et l'âme en fête,
Lui montrant le chemin d'Amour et de Beauté
Qui conduit sans détour à l'Immortalité.

(Soudain, forme pâle, apparaît la Mère.)

(Mélodie)

LA MÈRE

Enfant bien aimé qui chancelle
Sous le poids des chagrins nombreux
N'écoute pas la voix de celle
Qui de toi fit un amoureux.
La vie est belle et douce et bonne
A ceux qui savent l'honorer
Aime-la, Vigny, mais pardonne
A ceux qui te firent pleurer.
De mon carnet tourne les pages
Et souviens-toi de mes conseils
Qui ne sont point de vains mirages
Passant dans les feux de soleils.
Tu fus militaire jadis,
Indomptable héros d'épopée
Où la Mère près de son fils,

Mettait dans sa main son épée.
Des Lettres, sois le gentilhomme
Dont les vers vibrants sonnent clair,
Avant d'être guerrier sois homme
Et tu pourras, le regard fier,
Par cette route de lumière
Contempler l'horizon lointain
Où monte comme une prière
La devise de ton Destin.

DE VIGNY

Je relis chaque soir les pages de ce livre
Et la tendresse de ses phrases me fait vivre
Mais écoutant parler ta voix
C'est ton visage que je vois.
Je n'ose plus alors ni faiblir ni me plaindre,
La noblesse en mon cœur ne pouvant point s'éteindre...

LA MÈRE

Vigny, mon fils aimé, chasse le désespoir
Un jour, viendra vers toi, portant la récompense,
Le messager de gloire en qui tu pourras voir
Le symbole de ton triomphe, et ta puissance.

DE VIGNY

Ne t'en va pas... reste auprès de moi. C'est l'instant
Du doute torturant qui frôle un cœur souffrant.

(*Apparaît la Femme.*)

(*Mélodie*)

LA FEMME

Vigny, pourquoi clamer de peur vers une morte,
Des souvenirs, Lydia, à pleins bras, t'en apporte,
Je suis heureuse d'évoquer les jours si doux
Où, repentant, tu m'adorais à deux genoux.
Et je pardonne à ton désir d'une maîtresse
Dont souffrit notre bonheur et ma tendresse
A l'heure où, le ciel noir, je dormais en rêvant.
Tu fuyais la maison pour devenir amant.
Mais malgré cette trahison qui fut folie
Je sais que tu m'aimais encor pour une vie.
J'ai pardonné, Vigny, car fidèle à mon cœur,
Ta bonté, bien souvent, caressa ma douleur.
Mais ton regret fut l'apaisement qui console,
La phrase que l'on chante et le mot qui s'envole.
Je t'aime comme on aime en souffrant d'un sanglot
Qu'une larme précède. On n'aime jamais trop.

Je t'aimais en épouse, et je t'aime et devine
Pour le mal de ton cœur la guérison divine.
Et loin des faux plaisirs, loin des mensonges fous,
Songeons à l'avenir éclatant : Aimons-nous.

DE VIGNY

Pardon, Lydia, ton cri d'amour est un symbole
Semblant la frêle brise, auprès du front, qui frôle.
Pardon d'avoir blessé ta belle affection.
Pardon d'avoir été l'amant d'une fiction.

LA FEMME

Je m'efface à tes yeux dans le parfum de l'ombre
Fantôme devenu fuyant dans la nuit sombre.

DE VIGNY

Et maintenant, de tous les bonheurs d'autrefois
Que reste-t-il... Voyons... Il était une fois...

(Apparaît la Maîtresse.)

(Mélodie)

MARIE DORVAL

Ne cherche pas, Vigny, mon amant, la tristesse

Qui vint à toi par le Christ ou par ta maîtresse.
Tu me hais. Tu souffrais dans ton cœur de héros
Issu de noble race où l'on fait de grands mots
De l'Honneur, du Devoir et de la Conscience,
Et de t'avoir trahi, tu plains ta confiance.
Cependant, une femme, en trompant, peut aimer.
Que t'importe une étreinte où mentait le baiser ?

DE VIGNY

Va-t'en, perfide. Oh ! va-t'en bien loin de mon rêve
Où ma pensée étreint une illusion brève
Laisse un amant perdu détester son désir.
Si tu n'as pu l'aimer, pourquoi le voir souffrir ?

MARIE DORVAL

Tu souffres, insensé, qui, fier pour la bataille,
Est faible d'avoir pris trop souvent une taille,
Faible devant ma bouche et mes yeux enjôleurs,
Faible comme un enfant pour de petits malheurs.
Faible près d'une épée et devant une femme,
Dont il avait la chair, croyant en avoir l'âme.
Non, ne regrette pas ta Dorval. Souviens-toi

D'un amour aussi beau que fut belle ta Foi,

Et de ta poésie, un emblème qui passe,

Ainsi je fuis, comme un reflet devant ma glace.

DE VIGNY

Oh ! mes ombres de songe, ô mes rêves éteints !

Baisers finis, espoirs blessés, âpres destins !

Mon œuvre entière a pâli devant ces extases

En rappelant à mes douleurs leurs tristes phases.

Une mère, une épouse, une amante ont passé

Et puis leur beau fantôme, hélas ! s'est effacé.

Et quand je vois autour de moi tous mes poèmes,

Mes vers guerriers, mes vers d'amour, ce sont les mêmes

Qui créèrent en moi l'angoisse et le bonheur.

Et maintenant, devant la nuit, Vigny, j'ai peur...

Ce n'est qu'un songe, un songe faux, une chimère,

Je ne suis plus qu'un jeune enfant devant sa mère.

Mais non, je suis grand, je suis fier, j'aime, je veux,

Je veux graver dans l'or des rimes merveilleuses

Des rimes de beauté, des rimes somptueuses.

Je veux être le grand Vigny, bravant un ciel,

Dont le cœur soit immense et le nom immortel.

...Et maintenant que j'ai songé dans la nuit grise,
Que ma prière d'orgueil fou, sur une brise,
Monte vers l'au-delà tout bleu, d'où vint l'amour.
...La lune blanche a disparu... Voici le jour...

*(Il s'approche de la porte de la chambre où som-
meille sa femme.)*

Lydia dort. Un parfum de baiser se lève
Dans la nuit. Lydia dort. Elle souffre... et... je rêve.

(Mélodie)

Argument de " Une Nuit de Vigny "

Argument de " Une Nuit de Vigny "

(Œuvre musicale)

De M. Florent SCHMITT

PRÉLUDE

— La Nuit.

La scène représente le cabinet de travail du poète au Maine-Giraud.

Le silence est autour.

Vigny paraît, une lampe à la main, fermant de l'autre, la porte de la chambre où sommeille sa femme Lydia. Il vient de l'endormir selon sa coutume de tous les soirs, à la lecture de ses vers.

...Seul, il rêve et pense ; il évoque les jours enfuis où il aurait pu être guerrier, grand militaire ; il songe à sa mère, au carnet qu'elle lui donna où des conseils sages et beaux doivent le soutenir et le garder de toute faiblesse ; il se rappelle le sabre de son père avec lequel il jouait sur ses genoux.

Il pense à ses déceptions d'amitié, à ses rêves, à sa philosophie idéaliste.

Il cherche le mystère de l'éternité, la foi, une consolation dans l'irréel.

Il songe à son amour trahi... Il songe à Dorval et il souffre stoïquement.

Et par dessus tout, fortifiant l'amertume de cette solitude et de ces désenchantements, Vigny est ivre de joie, cette nuit, de pouvoir, victime de tout et de tous, *penser* à tout cela avec force, âpreté et volupté.

PREMIER INTERLUDE

— LA MÈRE.

Sa mère apparaît alors, ombre réelle à la fin de sa plainte révoltée.

Elle représente l'*Honneur*, la grandeur militaire, le poème violent, la guerre, le triomphe.

Elle lui parle en termes attendris et énergiques, lui rappelle le petit livre qu'elle lui donna et tâche à remuer, dans ce cœur d'homme, un cœur d'enfant.

DEUXIÈME INTERLUDE

— La Femme.

Ensuite apparaît Lydia, la femme qu'il aime profondément.

Elle représente sa poésie simple, sa *pensée*, sa philosophie.

Elle le remercie de son affection, de sa bonté, de ses égards. Elle lui pardonne de l'avoir trompée.

Elle évoque les souvenirs de son foyer où, garde-malade, il la soignait.

TROISIÈME INTERLUDE

— Marie Dorval.

Enfin vient Dorval, la maîtresse. Elle, c'est l'amour, l'amour-passion où le désir et l'idéal se mêlent à l'amour de l'art et de la beauté.

Dorval, c'est l'énigme du bonheur, de sa vie, de l'éternité. C'est à travers cet amour-là qu'il cherche les mystères d'au-delà.

POSTLUDE

— Et alors que les trois femmes s'en vont, Vigny seul, semble en extase; il aspire la nuit solitaire et paraît demi-dieu.

Il se lève et il écoute, près de la porte, dormir sa femme.

Bibliographie

BIBLIOGRAPHIE

PLANCHE (Gustave). — *Portraits littéraires*, t. I,
Alfred de Vigny; Paris, Werdet, 1836, in-12.

SAINTE-BEUVE. — *Portraits contemporains*, t. I,
Alfred de Vigny; Paris, Didier, 1846, in-12.
— *Portraits littéraires*, t. III, Paris, Garnier,
1864, in-12. — *Nouveaux Lundis*, t. VI, Paris,
M. Lévy, 1866, in-12. — *Causeries du Lundi*,
t. XI, *Notes et Pensées*, Paris, Garnier, in-12.

LOMÉNIE (L. de). — *Galerie des Contemporains
illustres*, 10 vol.; *Alfred de Vigny, par un
homme de rien*, t. II, Paris, René, 1841, in-12.

MAGNIN (Ch.). — *Causeries et Méditations historiques et littéraires*, Paris, B. Duprat, 1843,
in-12 (t. I).

MOLÉ (le Comte). — *Réception d'A. de Vigny.
Réponse du Comte Molé*, Paris, Didot, 1846,
in-4°.

DUMAS (Alexandre). — *Mes Mémoires*, 22 vol.,

Paris, Cadot, 1852-1854, in-8° et 10 vol., Paris, M. Lévy, 1863, in-12, t. V, p. 582.

MIRECOURT (E. de). — *Les Contemporains*, n° 34, *Alfred de Vigny*, Paris, 1855, in-32.

GAUTIER (Théophile). — *Histoire du Romantisme*, suivie de notices romantiques et d'une étude sur la poésie française, Paris, Charpentier, 1874, in-12 (pages 152-165, etc.).

BARBEY D'AUREVILLY. — *Les Œuvres et les Hommes*, t. III, Les Poètes, Paris, Amyot, 1863, in-12.

PONTMARTIN (A. de). — *Dernières Semaines littéraires*, Paris, M. Lévy, 1864, in-12 (p. 332, étude d'ensemble). — *Nouveaux Samedis*, t. ibid., 1865, in-12 (p. 125, au sujet des *Destinées*).

LAMARTINE. — *Cours familier de littérature. Entretiens*, 94-95, Paris, 1864, in-8°. Reproduit dans *Souvenirs et Portraits*, t. III, p. 136-161, Paris, Hachette, in-12.

PORRY (Comte Eug. de). — *Alfred de Vigny,*

étude morale et littéraire, Marseille, 1864, in-8°.

SAINT-RENÉ TAILLANDIER. — *Biographie*, Michaud, nouvelle édition, t. XLIII, 1865 (p. 386-390).

DOUCET (C.). — *Discours de réception à l'Académie française et Réponse de Jules Sandeau*, Paris, Didot, 1866, in-4°.

RATISBONNE (L.). — *Journal d'un poète*, recueilli et publié sur des notes intimes d'Alfred de Vigny, Paris, M. Lévy, 1867, in-12 et 1882, in-32.

MONTÉGUT (Emile). — *Nos Morts contemporains*, 1re série, Paris, Hachette, 1883, in-12.

FRANCE (Anatole). — *Alfred de Vigny*, étude. Collection des Bibliophiles français, Paris, 1868, in-12, p. 82.

COUPY (F.). — *Marie Dorval*, Paris, Lacroix, Bachelin, 1868, in-16.

BRUNON (G.). — *Alfred de Vigny*, esquisse littéraire, Aurillac, 1869, in-8°.

ASSELINEAU (E.). — *Bibliographie romantique.*

Catalogue anecdotique et pittoresque des édi-
tions originales des œuvres de..., 1867, 2ᵉ édition, Paris, Rouquette, 1872, et appendice,
1874, in-8°.

Babon (Hyp.). — *Les Sensations d'un juré*,
vingt figures contemporaines, Paris, Lemerre,
1875, in-8°.

Nettement (A.). — *Histoire de la Littérature
française sous le Gouvernement de Juillet*, Paris, Lecoffre, 1855 et dernière édition, 1876,
in-8°, t. II.

Charavay (H.). — *Alfred de Vigny et Charles
Baudelaire, à l'Académie française*, Paris,
Charavay, 1879, in-16.

Charpentier (P.). — *Une maladie morale : le
mal du siècle*, Paris, Didier, 1880, in-8.

Fournier (Ed.). — *Souvenirs poétiques de
l'Ecole romantique*, Paris, Laplace, 1880, in-
12 (p. 517).

Banville (Th. de). — *Mes Souvenirs*, Paris,
Charpentier, 1882, in-12.

Séchau (Ch.). — *Souvenirs d'un Homme de*

théâtre, 1831-1865, recueillis par Ad. Badin, Paris, C. Lévy, 1883, in-12, p. 240.

Barbier (Aug.). — *Souvenirs personnels et silhouettes contemporaines*, Paris, Dentu, 1883, in-12.

Albert (Paul). — *Poètes et Poésies*, 2ᵉ édit, p. 85-115, Paris, Hachette, 1884, in-12.

Houssaye (Arsène). — *Les Confessions*. Souvenirs d'un demi-siècle, t. IV, Paris, Dentu, 1885, in-8°, p. 260. — *Souvenirs de Jeunesse*, t. I, Paris, Flammarion, 1896, in-12.

Faguet (Emile). — *Etudes littéraires sur le XIXᵉ siècle*, Paris, Lecène Oudin, 1887, in-12, p. 127-152.

Tissot (E.). — *La Poésie d'Alfred de Vigny*, Paris, Savine, 1887, in-12.

Carie (F.). — *Poètes et Romanciers* (Alfred de Vigny), p. 1-33, Paris, Hachette, 1888, in-12.

Des Essarts (Emm.). — *Portraits de Maîtres* (Alfred de Vigny), Paris, Perrin, 1888, in-12.

Bonnières (R. de). — *Mémoires d'aujourd'hui,*

3ᵉ série. Alfred de Vigny homme politique, Paris, C. Lévy, 1888, in-12.

BOURGET (P.). — *Etudes et Portraits.* Alfred de Vigny, p. 75-92, Paris, Lemerre, 1889, in-12.

FORTIER A. — *Sept grands auteurs français.* London, Heath, 1889, in-8.

GUYAU (M.). — *L'Art au point de vue sociologique*, Paris, Alcan, 1890, in-8°.

PALÉOLOGUE (M.). — *Alfred de Vigny*, coll. des grands écrivains français, Paris, Hachette, 1891, in-12.

DEVAUX. — *La Famille d'Alfred de Vigny*, Fontainebleau, 1891, in-8°. Annales de la Société historique et archéologique du Gâtinais, IX, p. 228-256, avec un tableau généalogique.

BRUNETIÈRE (F.). — *Essais sur la littérature contemporaine. Alfred de Vigny* (à propos du livre de Paléologue), Paris, C. Lévy, 1892, in-12.

LACHAUD (Georges). — *Histoire d'une Ame*, Paris, 1892, in-12.

VOGUÉ (Vicomte E.-Melchior de). — *Regards*

historiques et littéraires, p. 308-332 ; *La poésie idéaliste en France : Alfred de Vigny*, Paris, Colin, 1892, in-12.

DORIZON (L.). — *Alfred de Vigny poète, philosophe*, Paris Colin, 1892, in-8°.

DORIZON (L.). — *Un symbole social : Alfred de Vigny et la poésie poétique*. Paris, Perrin, 1894, in-12.

SPOELBERCH DE LOVENJOUL (Vicomte de). — *Les Lundis d'un chercheur*, p. 101-147, *Alfred de Vigny*, notes bibliographiques, pages oubliées, Paris, C. Lévy, 1894, in-12.

BRUNETIÈRE (F.). — *L'Evolution de la poésie lyrique en France au XIXᵉ siècle*, t. II, p. 1-37, *Alfred de Vigny*, Paris, Hachette, 1894, in-12.

LAFOND (P.). — *Alfred de Vigny en Béarn*, avec deux portraits, Paris, 1894, in-8°. Bulletin de la Société des sciences, lettres et arts de Pau, 2ᵉ série, t. XXIII, p. 1-35.

BRANDES (G.). — *Emigranter Litteratur*, III, V, Leipzig, 1894, in-8°.

ASSE (Eugène). — *Alfred de Vigny et les édi-*

tions originales de ses poésies. Paris, Teche-
ner, 1895, in-8°. Bulletin des Bibliophiles.

Biographies du XIXᵉ siècle, 10ᵉ série, *Alfred de
Vigny,* etc, etc., Paris, Bloud et Barral, 1896,
in-8ᵉ.

Langlais (Jacques). — *Alfred de Vigny, critique
de Corneille.* (Impr. Dumont, Clermont-Fer-
rand, 1905.)

Séché (Léon). — *Alfred de Vigny et son temps,*
F. Juven.

Dupuy (Ernest).— *La Jeunesse des romantiques :*
Victor Hugo, Alfred de Vigny. (Société française d'Imprimerie et de Librairie.)

Alfred de Vigny. Ses amitiés, I (id.).

Masson (Maurice). — *Alfred de Vigny.* (Bloud
et Cie.)

Gaillard de Champris (Henry). — *Sur quelques
idéalistes : Alfred de Vigny.* (Bloud et Cie.)

Sakellaridès (Emma). — *Correspondance
d'Alfred de Vigny.* (Calmann Lévy.)

Lauvrière (E.). — *Alfred de Vigny.* (A. Colin.)

Documents pour une iconographie

Alfred de Vigny, portrait,
offic. lanciers rouges.... Musée Carnavalet.

Alfred de Vigny, portrait. DEVÉRIA.

Alfred de Vigny, portrait. Emile LASSALLE.

Portrait de Mme de Vigny (Collection Sangnier-Lachaud).

Portrait-charge d'Alfred de Vigny, lithographié par Lorentz.

Alfred de Vigny, médaillon par David d'Angers.

Portrait à mi-jambe, gravé par Loys Delteil, 1896.

Alfred de Vigny, médaille gravée par Mouchon.

Alfred de Vigny, photographie Pierre Petit.

Portraits et documents divers (*Alfred de Vigny,* par Léon Séché. Paris, F. Juven).

Œuvres d'Alfred de VIGNY

mises en musique

Eloa	Charles LEFEBVRE.
Chatterton	LEONCAVALLO.
Le Cor...................	FLÉGIER.
Othello	VERDI.
Cinq-Mars	GOUNOD.

Table des Matières

Imprimerie M. BOUSREZ
POITIERS

A. VACHER, Rep'
2, Place Martin-Nadaud, 2
PARIS
Téléphone 924-35